LE

DOIGT DE DIEU.

Par l'Auteur d'UN MOMENT D'ATTENTION.

Digitus DEI hic est.
EXOD., 8, 19.

A PARIS,

Chez P. GUEFFIER, Imprimeur-Libraire, rue
Guénégaud, n°. 31;

Et chez tous les Marchands de Nouveautés.

1815.

LE

DOIGT DE DIEU.

Théophilacte Simocata, né en Égypte, de parens considérables, puisqu'il est qualifié d'Ex-préfet, avoit acquis beaucoup de connoissances morales, politiques et physiques, lorsqu'il fut nommé *Scriptuaire*, c'est-à-dire historiographe de l'Empire. Photius vante sa sincérité. Il a écrit sous Héraclius ce qui s'étoit passé du temps de Maurice et de Phocas.

On trouve dans ses Histoires, au sujet de l'armée révoltée contre son Souverain légitime, et qui s'étoit en quelque sorte rendue complice de l'assassinat de Maurice et de ses enfans, dont les têtes furent exposées dans son camp, le passage suivant :

« Il falloit que cette troupe barbare et inhu-
» maine participât, en jouissant de ce spectacle,
» à ce détestable attentat, afin que le jugement
» rendu par Dieu dans son incorruptible tribu-
» nal, où toute félonie est en horreur, enveloppât
» la masse des coupables dans les filets d'une
» même punition. Il est constant que tous les

» individus qui composoient ces corps sangui-
» naires périrent par de grands et signalés
» genres de désastres ; car les Perses s'étant sou-
» levés de nouveau, ces soldats rebelles, pour-
» suivis par la vengeance céleste, reçurent la
» récompense due à leurs forfaits, les uns en ve-
» nant aux mains avec les ennemis, les autres
» frappés de la foudre ; la faim, les chaînes de
» l'esclavage firent justice de plusieurs ; un plus
» grand nombre succomba sous le glaive, et
» c'est ainsi qu'ils terminèrent une vie souillée
» d'un horrible crime. Il est bien à noter que
» jusqu'à l'entière annihilation de cette scélérate
» armée, qui avoit voué son affection au tyran,
» les Perses ne cessèrent de remporter des vic-
» toires ; et j'ajouterai..... que quand l'empereur
» Héraclius, avant de marcher contre Raxate, fit
» la revûe de son armée, il se trouva, après une
» exacte recherche, que de cette multitude qui
» avoit favorisé l'usurpateur, il n'existoit plus
» que deux soldats, quoiqu'il ne se fût écoulé
» qu'un petit nombre d'années depuis leur défec-
» tion. Mais lorsque, par la suite du temps, les
» soldats romains s'étant renouvelés, cette armée
» de traîtres s'évanouit, alors le bonheur des
» Perses cessa, Chosroës, ce dragon babylonien,
» fils d'Hormisdas, fut tué, et la guerre finit (1). »

____

(1). *Oportebat enim detestandi sceleris etiam spectando
participem fieri crudelem immanemque exercitum ut ità*

Il n'est pas seulement permis, il est ordonné à celui qui veut lire avec quelque utilité les annales du genre humain, de rapprocher, de comparer les événemens, et de juger d'après eux; sans cela, à quoi serviroit l'histoire? Seroit-elle comme témoin du temps passé, le phare de

---

omnes qui in eo perpetrando insanivissent DEI *judicium cui odio est improbitas omnis, quodque nullis muneribus corrumpi potest, idem retributionis rete involveret. Omnes quippe de copiis illis sanguinariis summis et diversis, ærumnarum generibus impliciti disperierunt. Nam Persis denuò ad armorum sumendarum libertatem, redeuntibus,* DEO *vindice, quæ malè ausi fuerant eorum pœnas meritas persolverunt: aliisque in conflictu, aliis fulminum ignibus, aliis fame et servitute perditis, plurimi in ore gladii vitam hanc peccatis obnoxiam, finiverunt. Nec priùs Persæ victorias referre desierunt quàm tyranni studiosus ille sceleratissimusque exercitus omninò ac funditùs consumptus est. Cui rei satis argumentum conciliat quod subjungemus. Nàm fidei gratiâ sequentium seriem paulùm interrumpemus. Quandò Heraclius imperator expeditione adversus Raxatem susceptâ, exercitum recensuit re inquisitâ ex illa multitudine quæ tyranno faverat duos duntaxat milites superstites invenit; tametsi anni non multi intercessissent. Verùm ubi tempore procedente novas copias Romani sunt adepti et exercitus ille improbus evanuit, Persarum felicitate commutatâ Babylonius ille Draco Chosroës, Hormisdæ filius, interfectus est et bellum Persicum conquievit.* THEOPHILACTI SIMOCATA, *lib.* 8°. *cap.* XII *historiarum.* INTER HISTOR. BYZANT. HISTOR.

l'avenir, le guide le plus certain de la conduite des hommes, et la maîtresse que les Souverains doivent éternellement consulter, parce qu'elle est aussi le flambeau de la vérité, à la lueur duquel il faut qu'ils marchent tous fidèlement pour ne pas s'égarer ?

Nous pouvons sans doute mettre à côté de l'armée de Phocas celle de Buonaparte. Louis XVIII n'a pas perdu le jour, mais il a été chassé de son trône par des officiers qu'il avoit comblés d'honneurs, par des soldats qui tous avoient juré de le servir fidèlement. Un Corse, malgré sa parole donnée de se tenir dans une île que, par suite d'un traité, les Puissances européennes lui avoient trop généreusement accordée, en sort à la faveur d'une trahison dont les fastes d'aucune nation ne fourniroient d'exemple; il se montre accompagné de mille à onze cents hommes, sur les côtes de France, à cent quatre-vingts lieues de la Capitale. Il avance à travers des provinces qu'il avoit vexées, foulées, dépeuplées, et qui commençoient à respirer sous le gouvernement paternel d'un Roi légitime; il passe au milieu de villes commerçantes, industrieuses, dont il a ruiné le commerce, anéanti l'industrie, qui renaissoient de leurs cendres; nulle part il n'éprouve de résistance. Les chefs qu'on envoie contre lui, manquant aux sermens les plus saints, se rangent de son côté, et leurs soldats grossissent les siens.

En dix-huit jours il est aux portes de Paris. Le Monarque désiré, qui veut épargner le sang de ses enfans, abandonne son palais, se retire vers ses frontières; partout sur sa route il voit un peuple immense qui se prosterne , le bénit, verse des larmes et le laisse aller. Arrivé dans une de ses places fortes, il est obligé, craignant tout de la déloyauté militaire, d'en partir malgré les vœux et les instances des habitans. Il se retire chez l'étranger, où il est reçu avec attendrissement et respect. Les Puissances se hâtent de prendre en main la juste cause d'un Roi qu'elles reconnoissent pour un ami, un allié, auxquelles elles doivent secours et loyale assistance.

Des Souverains sont entr'eux comme des chefs de famille que le voisinage et le même intérêt réunissent pour le bonheur de l'humanité, sous l'empire de ce droit sacré qu'on appelle droit des gens. Ils se lient par des pactes dont les conditions sont, en raison de leur importance, plus obligatoires que toutes celles auxquelles peuvent se soumettre des particuliers à qui le droit civil en garantit l'exécution par le moyen des tribunaux. Un trône ébranlé, renversé, est l'affaire de tous les trônes; et ce n'est pas devant les hommes, c'est devant Dieu que se plaide la cause des Rois.

Buonaparte , ennemi de l'ordre et de toute légalité, se constituoit, par son invasion, non-seulement en révolte contre Louis XVIII , mais encore contre les Souverains qui tenoient la Diète européenne, entre les mains desquels il avoit solennellement, tant pour lui que pour les siens , abjuré ses chimériques prétentions au royaume de France. Ils devoient tout craindre de ce forban féroce qui , tant de fois, viola leur territoire, effraya, pilla, saccagea leurs sujets et leurs cités. Sous lui les guerriers français qui se piquoient autrefois d'honneur, d'humanité, de courtoisie, corrompus, pervertis, gangrenés par son exemple, par son accueil, souvent par ses ordres , étoient arrivés à ce point d'immoralité de faire trophée de leurs sacriléges , de leurs brigandages, de leurs barbaries. Après avoir scandalisé , épouvanté toutes les parties de l'Europe de leurs excès, ils venoient de mettre le comble à tant d'infamie par une honteuse défection. Buonaparte qu'ils avoient, en trahissant leur foi, appelé, entouré , devenu par leur moyen maître absolu de leur pays , les rassemble, reforme ses anciennes cohortes, qu'il pousse sur les confins de la Belgique. Bientôt il les suit, se met à leur tête. Il commande à cent cinquante mille hommes : c'est avec cette force imposante qu'il franchit les frontières , qu'il s'avance, ivre de ce qu'il croit un premier succès. Déjà il a laissé derrière lui les champs célèbres de Fleurus ; il est devant le mont Saint-

Jean. C'étoit là que la Providence l'attendoit.
Il livre bataille en rêvant la victoire, et jamais
défaite ne fut plus complète. Wellington, Blucher,
Bulow, déploient leurs rares talens; les Anglais
et les Prussiens, animés par la gloire et par la
vengeance, font des efforts surhumains; portée
par le feu, par le fer, la mort vole dans les rangs
de l'armée française; le vain courage qu'elle
oppose ne sert qu'à rendre sa destruction plus
entière; le soldat foudroyé reçoit le trépas qu'il
brave, et le trépas l'atteint quand il le fuit.
Cette armée de parjures est dissipée comme le
brouillard d'une matinée de printemps, et la
terre, qui ne les portoit qu'à regret, s'ouvre pour
recéler leurs misérables cadavres. Seize ou dix-
huit mille seulement (1) échappent au carnage.
Leur chef pusillanime perd la tête, les abandonne
lâchement. Il s'enfuit en laissant son épée, et il
vient parmi ses complices solliciter des hommes et
de l'argent. Pour réponse ils lui commandent son
abdication; et ces communications illusoires entr'eux et lui sont l'objet de la dérision publique. Ni
les hommes ni l'argent ne dépendoient des sédi-

----

(1) C'est ce que révéla au public ce NEY dont le nom
sera fameux par l'opprobre que lui attacha l'odieuse per-
fidie dont il se rendit coupable, en se livrant, lui et sa
division, au Corse qu'il avoit offert de combattre et
promis avec serment d'arrêter. Son témoignage ne peut
pas être suspect.

tieux dont il vouloit s'étayer, et sa fantastique abdication avoit été consommée sur le champ de bataille, où, devenu indigne de vivre, il n'avoit pas su mourir.

Cependant la France reste ouverte aux pha-langes des alliés : elles s'y précipitent sans que rien puisse les arrêter. Deux cent mille étrangers envi-ronnent la capitale, qui peut dans un moment être en proie à l'incendie, à la dévastation. En quinze mois elle a deux fois le cruel chagrin de voir les étrangers lui donner des lois. Rome, Berlin, Madrid, Vienne, Turin ont pris leur revanche.

Philosophâtres insensés, niez, si vous l'osez encore, l'action de la Providence après ce qui se passe sous vos yeux. Assise dans l'Empirée sur un trône éternel, c'est de là qu'elle veille aux destinées des mortels dont elle confond ou pro-tège les desseins. A ses côtés sont la justice et la générosité ; elle donne la main à la pre-mière et sourit à l'autre. C'est d'elle seule que dépendent les succès. Alexandre part avec trente mille Grecs pour la conquête de l'Asie, et malgré les millions d'hommes dont s'environne Darius, l'Asie est conquise. Qui donc, que la Providence, fit échouer Buonaparte et réussir Alexandre ? Elle seule inspire les grandes et belles résolutions ; elle seule fournit les moyens qui en préparent, qui en assurent l'heureuse issue. Le plus ancien des poètes, le vieil Homère, a reconnu cette vérité , que l'expérience de tous les tems n'a fait que confirmer.

Lorsque les Français, après avoir repris Calais et fait la conquête de tout ce que nos insulaires voisins possédoient chez nous , les virent embarquer , l'histoire nous apprend qu'on leur demanda : « Quand comptez-vous revenir? — Lors» que la somme de vos désordres l'emportera » sur celle des nôtres » , fut-il répondu.

Assurément j'ignore à quel point les habitans de la Grande-Bretagne peuvent être corrompus, mais je jette les yeux sur la France, et je le vois et je le dis en soupirant : que la foi antique , que la loyauté, que la franchise , que le respect pour la sainteté des sermens , que l'attachement pour nos Maîtres légitimes , que l'amour de la religion , que la révérence pour ses dogmes sacrés , pour ses pratiques pieuses , que le désintéressement , que l'honneur qui n'est véritablement que l'enthousiasme de la vertu, qu'une vertu exagérée , ont disparu de presque toutes les ames. L'or est devenu l'idole universelle ; il est le vœu de tous les cœurs , le prix espéré de tous les efforts. Pour lui on ose tout ; avec lui on demande tout , on obtient tout ; par lui on est tout, excepté ce qu'on devroit être, homme de bien. Des gens à idées libérales ont répandu parmi nous à grands flots leur doctrine meurtrière, plus funeste pour la morale que tout ce

que la superstition put enfanter de désastreux.
Ces docteurs sans science, sans notions de la
justice ; ces législateurs qui ne croyent point
en Dieu, veulent, sous prétexte de détruire des
préjugés, nous ôter tous les freins, nous af-
franchir de tous les jougs, oubliant que l'honnête
homme est esclave de sa parole, captif de ses de-
voirs ; que tous ses pas sont enchaînés par ses obligations envers son auteur, les autres et lui-même ;
et que tout homme qui veut être ou qui se croit
libre, est ce qui peut exister de plus dangereux
pour ses semblables : vipère auprès du fort et
tigre avec le faible. Toute vertu suppose des sa-
crifices, veut du courage ; qu'ils nous enseignent
donc quelles vertus les idées libérales ont con-
servées, ont fait naître ! Au reste, quand je m'abs-
tiendrais de prononcer sur leur compte, la
Providence les a jugés, puisque les Anglais sont
revenus.

Nobles Anglais, jamais nous ne pourrons ou-
blier avec quelle humanité vous avez reçu nos
prêtres bannis par l'irréligion, nos émigrés
chassés et dépouillés de leurs biens par l'ini-
quité, et notre Monarque lui-même, avec le
petit nombre des officiers fidèles qui l'a cons-
tamment suivi. C'est chez vous qu'il ont trouvé,
non pas seulement un asile, mais encore des
secours gratuits, une subsistance honorable.
Nous n'oublierons pas que l'excellent lord Wel-

lington racheta à prix d'or la vie des soldats français que les Portuguais, que les Espagnols, devenus nos ennemis capitaux, vouloient exterminer ; non, nous ne l'oublierons pas. Mais la Providence ne s'en est-elle pas souvenue ? Que n'a pas fait pour vous nuire l'aventurier Corse ? La Providence a frappé tous ses plans d'absurdité et toutes ses tentatives d'impuissance. Votre commerce, dont il avait juré la ruine, s'est étendu, consolidé, à la suite de ses décrets injustes et délirans. Tandis que le midi et le nord de l'Europe ont plus ou moins souffert de ses atteintes, plus ou moins fléchi sous son joug d'airain, l'Angleterre immobile a conservé sa fière attitude, toujours prête à combattre l'usurpation, à briser le sceptre de la tyrannie. La Providence l'a secondée; c'est par elle qu'Aboukir, que Trafalgar ont rendu le nom de Nelson à jamais célèbre ; c'est à elle que Wellington, vainqueur en Portugal, en Espagne, en Belgique, doit sa gloire et son rang parmi les premiers Généraux du monde.

O Nation illustre ! ô Héros bienfaisant ! jouissez de votre triomphe, jouissez des éloges qui vous appartiennent, mais ne perdez pas de vue la cause qui vous les a mérités. Vous avez triomphé parce que vous combattiez pour la justice. Vous fûtes humains, généreux, et vos fronts sont ornés de lauriers. Nous vous devons de la reconnaissance; mais si vous voulez que nous acquittions fidèlement notre dette, ajoutez à votre créance, continuez d'être justes et généreux, et la Providence se mettra de moitié pour nous aider à vous satisfaire avec magnificence.

Et vous, Augustes Dominateurs des premières nations de notre ancien continent, j'éleverai ma voix et j'oserai vous faire observer : que nous vous possédons comme alliés; que la Providence vous a conduits parmi nous parce que vous avez été *justes*, et que, comme nous, elle s'attend que vous serez *généreux*. N'en doutez point, quoi que puissent vous suggérer des conseillers passionnés, des politiques à courtes vues, des ressentimens peut-être bien fondés, votre sort à venir dépend de vos résolutions actuelles. Ce que vous aurez semé dans notre pays, vous et vos peuples le recueillerez un jour dans le vôtre. Que cette puissante considération fixe sans cesse vos regards, serve de règle à vos déterminations.

Je dirai à mes compatriotes : » qu'il soit » permis à celui qui vous a prédit ce qui vous » arrive, de vous engager à jeter les yeux sur » votre position. Français, Français, voyez » quelles obligations vous avez à votre Roi, » à sa digne famille, à cette race sublime des » Bourbons. En tous les tems vos Monarques » furent vos bienfaiteurs, et c'est à eux seuls

» que vous avez obligation de tout ce que vous
» eûtes de bonheur et de prospérité. Vous
» leur dûtes votre affranchissement de mille
» tribus barbares auxquelles vos vainqueurs
» vous avoient astreints; vous leur dûtes vos
» champs, votre culture, vos tranquilles jouis-
» sances. Le martyr Louis XVI avoit brisé, en
» abolissant la main morte, le dernier chaînon
» de votre servage; mais regardez ce que vous
» devez à Louis XVIII ! Ses prédécesseurs furent
» vos libérateurs ; il est votre sauveur, il est
» le *palladium* de notre patrie. Supprimez le
» Roi après Buonaparte, et songez à quoi vous
» serez reservés ! D'innombrables armées cou-
» vrent notre territoire; elles y seroient comme
» conquérantes, elles n'y sont que comme victo-
» rieuses; elles y seroient comme ennemies, elles
» n'y sont que comme alliées. C'est la per-
» sonne de Louis XVIII qui a préservé Paris
» de sa ruine, et non ceux qui, en pré-
» tendant le sauver, n'ont voulu que se sauver
» eux-mêmes. C'est le Roi qui, nous couvrant
» de son égide, garantit à la France son exis-
» tence ; son nom disparoîtroit sans lui de
» la carte de l'Europe, malgré les imbéciles
» clameurs des *Corses* de toutes les formes et
» de toutes les couleurs qui ont préparé et fait
» tous nos maux. Ce n'est pas aux soldats
» étrangers qu'il faut attribuer les dégâts et les

» réquisitions dont nos campagnes et nos villes
» se plaignent. C'est de ces *Corses*, car ce ne
» sont pas là des français, c'est, dis-je, de ces
» *Corses* sans prudence, de ces patriotes sans
» patrie, de ces fédérés, de cette milice sans hu-
» manité, qui attirèrent, qui protégèrent Buona-
» parte, qui lui servirent de satellites, c'est d'eux
» que nous tenons toutes nos infortunes. Que
» nos vœux, que notre gratitude environnent
» le Monarque, et que les Puissances qui nous
» verront nous presser autour de son trône
» prennent de Sa Majesté et du Peuple français
» une idée qui leur inspire des sentimens dignes
» de leur magnanimité et dignes de notre dé-
» voûment pour nos Princes. Eh ! comment
» leurs sentimens ne nous seroient-ils pas favo-
» rables ! Un Peuple dévoué à son Souverain
» mérite toutes sortes de grâces de ce Souve-
» rain lui-même ; des autres Souverains qui
» sont témoins de transports qu'ils aiment à
» trouver dans le cœur de leurs sujets ; et surtout
» de la Providence que les Rois représentent et
» dont ils sont les Lieutenans sur la terre. »

UN MOMENT D'ATTENTION.

(*Extrait du Journal Royal.*)

S'il y avoit au monde un pays dont il fût bien constant qu'il est livré à un monstre auquel il faut jeter dans la gueule , toutes les minutes , trois hommes pris indistinctement dans toutes les classes de citoyens , pour être engloutis et dévorés, je ne dis pas qui voudroit habiter, mais qui voudroit aborder dans cette horrible contrée? Hé bien , que l'on compte ce que les deux dernières années de l'existence de Buonaparte parmi nous ont coûté de Français, et l'on verra que la France fut ce formidable pays.

Et il y aurait des insensés qui désireroient revoir le monstre nous dominer encore ! On se demande si ces individus appartiennent à la race humaine.

Ils ne sont pas nombreux. Je mets en fait que sur deux cents Français, cent quatre-vingt-dix-neuf détestent le Corse, et sur-tout depuis le retour de notre souverain légitime. Or , les *Buonapartistes* s'imaginent-ils que la deux centième partie de la nation fera la loi aux cent quatre-vingt-dix-neuvièmes autres? Apparemment. Mais en attendant, je dis à cette minorité barbare : quiconque s'élève contre l'intérêt et le vœu de sa nation , abjure sa nation: ainsi , tout *Buonapartiste* a cessé d'être Français.

Et il l'est d'autant moins, qu'il ne se persuade pas que ce sera sans coup férir que l'usurpateur et ses adhérens pourroient obtenir quelques succès. Ses vœux , ses

actions impies ont donc pour point de vue la guerre
civile.

La guerre civile ! et tu peux envisager sans horreur la
patrie en proie à la guerre civile? Ah ! malheureux, tu n'as
donc ni père , ni mère, ni frères, ni sœurs, ni femme ,
ni enfans, ni parens, ni amis, car sans cela songerois-tu ,
sans frissonner, au pillage, aux incendies, aux meur-
tres, à la violence, à la dévastation, aux flots de sang
qui viendroient inonder les villes et les campagnes de
ton pays désolé ! Contemplerois-tu , sans une émotion
glaciale, le Français assassinant le Français , le frère
tirant sur son frère, et le père périssant par les mains
de son fils ! Pourrois-tu voir, seulement en idée, le
lieu où tu pris naissance , la maison que l'auteur de tes
jours habite, pillés , brûlés, et lui maltraité , blessé ,
fuyant dans les bois, sans habits, sans provisions; ta
mère, sa jeune fille, ton épouse peut-être, entre les
bras d'un brigand féroce assouvissant ses infâmes dé-
sirs malgré la résistance, les larmes, les sanglots de sa
déplorable victime ! Si ces tableaux si souvent réalisés
ne te touchent pas, ton cœur est de fer et ton ame de
bronze.

Mais ce n'est pas tout. Je suppose , contre toute ap-
parence, que ce tyran sans foi, sans honneur, qui
manque à sa parole et veut faire manquer à leurs sermens ceux qui le serviront, pour n'avoir autour de lui
que des hommes déshonorés; je suppose , dis-je, qu'il
fasse des progrès et obtienne ce qu'il n'obtiendra pas ,
quelque succès considérable; croit-on que les puissances
qui se sont coalisées pour le jeter à bas d'un trône souillé
par son occupation , souffriroient qu'il y remontât ? que
l'Espagne oubl'eroit ses odieuses trahisons, ses abomi-
nables cruautés , ses affreux sacriléges ; que la Prusse lui

pardonneroit ses ravages , ses excès , le sac de ses villes ,
et ses contributions ; que l'Allemagne lui feroit grâce
de son arrogance, du fer, du feu qu'il a portés dans
son sein ; que l'Autriche ne penseroit plus à ses inso-
lentes prétentions , à la mutilation de son territoire ,
aux remparts de Vienne qu'il a fait sauter, aux humilia-
tions qu'il lui a fait subir , aux exactions auxquelles il
l'a soumise ; que la Russie passeroit l'éponge sur l'invasion de ses provinces, sur Smolensk et Moscow ré-
duits en cendres , et que l'Angleterre enfin s'endormi-
roit sur ses trames perfides , ses descentes, ses projets
destructeurs et les suites de sa haine envenimée ! Non,
cela n'est pas possible ; l'Europe entière fondroit encore
une fois sur nous pour se venger de lui.

De lui ! mais il ne verroit pas plutôt le péril s'ap-
procher, qu'il abandonneroit la partie et ses partisans ;
qu'il fuiroit comme il a fui d'Egypte, d'Espagne et de
Russie. Et alors que deviendroit la belle France ? Les
étrangers et les nationaux à l'envi déchireroient ses en-
trailles : ses villes détruites, abandonnées , ses superbes
établissemens, les monumens de ses arts et de son industrie ruinés , anéantis ; ses plaines jonchées de cadavres
n'offriroient plus à l'œil consterné que l'aspect de la mort
et l'horrible silence du désert. O Providence ! à qui
nous avons si long-temps et si ardemment demandé
un Bourbon , un père, un Roi légitime , vous nous
l'avez accordé; daignez achever votre œuvre en nous
délivrant pour jamais de Buonaparte.

Et vous à qui j'offre ces motifs de réflexion comme
à des insensés , si, quand vous les aurez lus et pesés ,
vous persistez dans vos funestes résolutions , vous n'êtes
plus des insensés , mais des ennemis de l'humanité, de

vos frères, des traîtres à votre Roi et à votre patrie, et finalement des scélérats dignes du dernier supplice.

F A L C O N N E T.

Ce petit écrit fut placardé en forme d'affiche sur tous les murs de Paris, le 19 mars, veille de l'entrée de Buonaparte dans cette ville. Il arriva même, par une circonstance assez singulière, que dans quelques endroits sa proclamation fut placée à côté de l'affiche, en sorte que quelques personnes lurent l'une et l'autre alternativement.

Des amis, aux avis desquels j'ai l'habitude de déférer, et à qui j'ai communiqué l'épreuve du *Doigt de Dieu*, m'ont déterminé à lui joindre, comme pièce justificative, *Un moment d'attention*, qui, selon eux, est ignoré de beaucoup de personnes, et peut très-bien être oublié du plus grand nombre de ceux qui l'auront connu dans le temps.

Imprimerie de P. Gueffier, rue Guénégaud, n°. 31.

9 782019 984267